LE MARIAGE

DE SALOMON.

LE MARIAGE
DE SALOMON,

Par M. DUREAU DE LA MALLE,

CORRESPONDANT DE L'INSTITUT ROYAL DE FRANCE, MEMBRE
DES ACADÉMIES DE NAPLES ET DE TURIN;

Musique de M. CHÉRUBINI,

SURINTENDANT DE LA MUSIQUE DE S. M., CHEVALIER DE LA LÉGION D'HONNEUR,
MEMBRE DE L'INSTITUT ROYAL DE FRANCE.

A PARIS,

DE L'IMPRIMERIE DE FIRMIN DIDOT,

IMPRIMEUR DU ROI, ET DE L'INSTITUT, RUE JACOB, N° 24.

1816.

ARGUMENT

TIRÉ DE LA BIBLE.

David avait vu son trône ébranlé par la rébellion. L'étranger Achitophel avait soulevé les tribus d'Israël contre le roi légitime. David s'était vu forcé d'abandonner sa capitale; il avait traversé le torrent d'Hébron, et s'était réfugié dans l'Idumée, suivi de quelques sujets fidèles; il revient escorté des Iduméens. Une bataille décide du sort de la Judée. David est rappelé par l'amour et le repentir de ses peuples; il rétablit les lois de Moïse, violées pendant son absence; il unit, pour affermir son trône, son fils Salomon à la fille de Pharaon, roi d'Égypte, prend sa harpe, et chante lui-même l'hymne nuptial, qui est le Psaume 44 de la Bible, et qui est intitulé : *Canticum nuptiale*, ou cantique pour le Bien-Aimé.

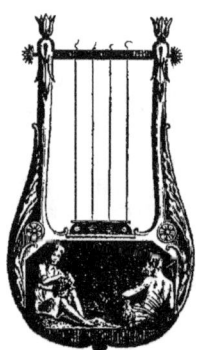

LE MARIAGE

DE SALOMON.

D<small>AVID</small>, chéri du Ciel, plein de jours et de gloire,
Avait quitté Solyme, ingrate à sa mémoire.
Par-tout, contre son roi l'impie Achitophel
A soulevé l'orgueil des tribus d'Israël,
A semé la discorde et la haine et l'envie,
Des vases d'injustice a remué la lie,
Et d'un essaim guerrier, nourri de faction,
A fait servir l'audace à son ambition.

Ils ne sont plus ces temps où Sion, sans alarmes,
D'une tranquille paix savourait tous les charmes,
Et, faisant à la terre envier son destin,
Embrassait en espoir un avenir lointain.

Fils de Lévi, pleurez; et toi, sainte Solyme,
Qui brûlais pour tes rois d'une ardeur légitime,
Comment le vil amour de l'or et du pouvoir
A-t-il séduit ton cœur infidèle au devoir?
Eh quoi! parjure à Dieu, courtisanne adultère [1],
Livrant à l'étranger le trône héréditaire,
Ton front n'a point rougi! Ton regard effronté
S'attachait sur ses pas, ivre de volupté [2].
Tu disais: « Regardez! que je suis forte et belle!
Quel âge peut flétrir ma jeunesse immortelle?
Quel bras peut de mes tours abattre la splendeur;
Quel peuple de mon peuple égaler la grandeur?
De Jacob, disait-on, Dieu protége la race.
Sa race est exilée. Un autre a pris sa place:
Ceint de sa vaste armure, et géant indompté [3],
Il marche dans sa force et dans sa majesté.
Il parle, tout se tait; il s'avance, tout cède.
Dieu faible, irais-je encor t'appeler à mon aide?»

---

(1) Frons mulieris meretricis facta est tibi; noluisti erubescere. JEREM. cap. III,
vers. 4.

(2) Usque quo deliciis dissolueris, filia vaga (Sion)? JEREM. cap. XXXI. v. 22.

(3) Induit se loricam, sicut gigas, incedit in fortitudine ejus. MACHAB. cap. III,
vers. 3.

« Sion, dit l'Éternel, tombe aux pieds de tes rois!
« Les fils de l'Aquilon emplissent leurs carquois [1].
« Des rives du couchant, des plaines de l'Aurore,
« Vois-tu sortir ce feu qui brûle et qui dévore?
« Vois-tu d'ardents guerriers un fleuve impétueux
« Rouler vers tes remparts ses flots tumultueux [2]?
« Peuple juste et croyant, ses armes sont fidèles [3];
« Peuple sauvage et fort, ses coursiers ont des ailes.
« C'est lui que j'ai chargé de porter mes décrets;
« Ses flèches dans ton sang écriront mes arrêts.
« O ma fille! ô Sion! hâte-toi; le temps presse.
« Toujours le repentir désarme la sagesse.
« Abaisse ton orgueil [4]; forte de tes douleurs,

(1) Hæc dicit Dominus : Ecce populus venit de terrâ Aquilonis, et gens magna consurget de finibus terræ. Sagittam et scutum arripiet; crudelis est, et non miserebitur. JEREM. cap. VI, vers. 22, 23.

(2) Ægyptus fluminis instar ascendit, et velut flumina movebuntur fluctus ejus. JEREM. cap. XLVI, vers. 7.

(3) Ecce adducam super vos gentem de longinquo domûs Israël, gentem robustam... Vox ejus quasi mare sonabit : et super equos ascendent, præparati quasi vir ad prælium, adversum te, filia Sion. JEREM. cap. VI, vers. 23. Pharetra ejus quasi sepulchrum patens, universi fortes. Et comedet segetes tuas, comedet gregem tuum, comedet vineam tuam, etc. JEREM. cap. V, vers. 15, 16, 17.

(4) Deduc quasi torrentem lachrymas per diem et noctem. JEREM. Lament., cap. II, vers. 18.

« Lave ton crime énorme en des torrents de pleurs.

« Ne crains point de David l'indulgente colère:

« Il veut te châtier ainsi qu'un tendre père:

« Lui seul est ton rempart, ton appui, ton secours:

« Cède. » — David paraît; Sion ouvre ses tours.

L'Oint du Seigneur, quittant les rives d'Idumée,

De fidèles sujets ramenait une armée.

Dans le sein de sa mère, éclose avant le temps [1],

La Pitié dans son cœur s'accrut avec les ans;

La Sagesse est sa sœur; son conseil, la Prudence [2].

Comme une douce ondée il épand sa clémence [3],

Abhorre des succès trop arrosés de pleurs,

Et préfère de vaincre en conquérant les cœurs.

Il arrive; il se montre; et déja dans Solyme

S'affermit sous sa main le pouvoir légitime.

Du peuple et de l'état, du trône et de l'autel,

Il consacre les droits par un pacte immortel.

---

(1) Ab infantiâ meâ crevit mecum miseratio, et de utero matris meæ egressa est mecum. Job. cap. XXXI, vers. 18.

(2) Dic Sapientiæ; soror mea es; et Prudentiam voca amicam tuam. PROVERB. cap. VII, vers. 4.

(3) Clementia regis quasi imber serotinus, PROVERB. cap. XVI, vers. 15.

Comme un durable airain, de la loi juste et sainte,
Son cœur, garant sacré, garde la vive empreinte [1].
La sagesse suprême éclate dans ses lois.
Dieu bénit les conseils du plus juste des rois.

Des peuples qu'il chérit, pasteur prudent et sage,
Ce roi de leur bonheur veut consommer l'ouvrage,
Revivre dans ses fils, et remettre en leurs mains
Le précieux dépôt de ses nobles desseins.
Sa prévoyante main d'un auguste hyménée
Prépare pour son fils la chaîne fortunée;
Et déja Salomon, qu'a choisi l'Eternel,
Brillant de pourpre et d'or, se prosterne à l'autel.

Mais la fille des rois d'Egypte et d'Assyrie,
Quittant le lieu natal, et changeant de patrie,
S'avance vers l'Hymen, belle de sa pudeur!
On croit voir, l'entourant de gloire et de splendeur,
Marcher à ses côtés la Reine forte et sage
Qui d'un fils orphelin défendit l'héritage,

(1) Scribe illam (legem) in tabulis cordis tui. PROVERB. cap. VII, vers. 3.

Et qui, le glaive aux flancs, et son fils dans ses bras,
Embrasa ses sujets de l'ardeur des combats.
Sur ce front virginal, que la grace environne,
Voyez avec amour déposer sa couronne
Son aïeul, qui, roi ferme et sage conquérant,
Dans la paix, dans la guerre, acquit le nom de Grand;
Et tous ces rois fameux de deux races rivales
Léguer à ses enfants leurs palmes triomphales.

RÉCITATIF OBLIGÉ.

Quels sons harmonieux frémissent dans les airs?
Des Anges du Très-Haut les célestes concerts
Accompagnent en chœur les chants du Roi-Prophète:
Il saisit pour l'Hymen la harpe du poëte;
Il prélude, il redit le psaume de l'époux.
Liban, incline-toi! Vents et mers, taisez-vous.

CHANT.

La vigne du Seigneur, cédant à la tempête,
       Voyait ses rameaux renversés,
       Et de ses pampres dispersés
Les rubis éclatants ne ceignaient plus sa tête.

Du palmier, qui fut son appui,
La cime, atteinte par l'orage,
Sentait se flétrir son feuillage,
Et se courbait vers le bocage
Qui jusqu'alors s'inclinait devant lui.
Le Chardon, l'Epine sauvage,
S'écriaient : « Il tombe aujourd'hui
Ce roi de la brûlante plage,
Qui commandait le respect et l'hommage;
Son bonheur fugitif comme un éclair a lui.

O Sion! Dieu punit la révolte et l'audace!
O Salomon! enfant de mon amour,
Près de mon trône prends ta place.
Fille de tant de Rois, et digne de leur race,
Sors des climats brillants où se lève le jour.

Unissez-vous, mariez-vous ensemble,
Comme la vigne aux tiges du palmier.
Unissez-vous : le nœud qui vous rassemble,
Plus durable et plus fort que le roc ou l'acier,
Scellé par les mains de Dieu même,

Affermit sur mon front le royal diadême,
     Plus que le glaive du guerrier.

Salomon, de ton Dieu garde toujours la crainte;
Tu chéris la justice et hais l'iniquité [1].
    L'Oint du Seigneur qui ne l'a point quitté,
       Sacré de l'huile sainte,
De la main du Très-Haut porte l'auguste empreinte,
Et boit au pur torrent de la félicité [2].

    Pour ton époux, ô ma fille chérie [3].
    Oublie enfin tes parents, ta patrie;
L'honorer est ta loi; t'aimer est son devoir.
Que de nombreux enfants, à l'ombre de ce trône
     Votre jeunesse se couronne!
Que mes vieux ans ne soient pas sans espoir.

(1) Torrente voluptatis potabis eos. Psalm. David. XXXV, vers. 9.

(2) Dilexisti justitiam, et odisti iniquitatem, propterea unxit te Deus oleo lætitiæ, præ consortibus tuis. Psalm. David. XLIV. vers. 9.

(3) Audi filia, et vide, et inclina aurem tuam : et obliviscere populum tuum et domum patris tui. Psalm. David. XLIV. vers. 12.

Unissez-vous, mariez-vous ensemble,
Comme la vigne aux tiges du palmier.
Unissez-vous : le nœud qui vous rassemble,
Plus durable et plus fort que le roc ou l'acier,
Scellé par les mains de Dieu même,
Affermit sur mon front le royal diadême,
Plus que le glaive du guerrier.